EL BARCO
DE VAPOR

Siete casas, siete brujas y un huevo

Gloria Sánchez

Ilustraciones de Xan López Domínguez

LITERATURA**SM**•COM

Primera edición: enero de 1998
Vigésima edición: abril de 2017

Gerencia editorial: Gabriel Brandariz
Coordinación editorial: Carolina Pérez
Coordinación gráfica: Lara Peces

Título original: *Sete casas, sete bruxas e un ovo*

© del texto: Gloria Sánchez, 1998
© de las ilustraciones: Xan López Domínguez, 1998
© Ediciones SM, 2017
  Impresores, 2
  Parque Empresarial Prado del Espino
  28660 Boadilla del Monte (Madrid)
  www.grupo-sm.com

ATENCIÓN AL CLIENTE
Tel.: 902 121 323 / 912 080 403
e-mail: clientes@grupo-sm.com

ISBN: 978-84-675-9160-6
Depósito legal: M-108-2017
Impreso en la UE / *Printed in EU*

En un oscuro y frondoso bosque
había un árbol enorme,
seco y sin hojas,
donde no anidaban pájaros.
En aquel árbol,
esparcidas por las ramas peladas,
siete casas;
en las siete casas
vivían siete brujas espantosas.

Ocurrió que un día
pasó por el espeso y frondoso bosque
un príncipe que iba a cazar conejos.
Cuando las brujas le vieron, exclamaron:
    –¡Oh, qué príncipe tan guapo!
    Al instante,
las siete brujas se abalanzaron sobre él
y empezaron a discutir:
    –¡Es mío!
    –¡No! ¡Yo lo he visto primero!
    –¡Porque tú lo digas, bobalicona!

De las palabras pasaron a las bofetadas.
Se mordieron en la nariz y en las orejas,
se tiraron de los pelos, se arañaron
y acabaron zurrándose con la escoba
hasta quedar despachurradas
y exhaustas en el suelo.

El príncipe aprovechó la confusión
para poner tierra por medio.
Cuando las brujas
se recuperaron de la paliza,
se retiraron furiosas a sus casas.

Desde entonces,
las brujas dejaron de hablarse,
no quedaban para ir juntas a los aquelarres
ni se intercambiaban pócimas y recetas.
    Rodearon sus casas
de las más terribles trampas
que podáis imaginar,
para que sus vecinas no osaran
irrumpir en sus dominios.

Si, por casualidad,
se cruzaban en el aire con la escoba,
adelantaban sin poner el intermitente
o frenaban en seco para que la de atrás
se diera de narices, perdiera el equilibrio
y se hiciera picadillo contra el suelo...
    –¡Pánfila, mira por dónde vuelas!
    –¿Acaso te dio el carné un sapo?

Y el tiempo pasaba
y ninguna de ellas
daba su brazo a torcer,
hasta que un día...

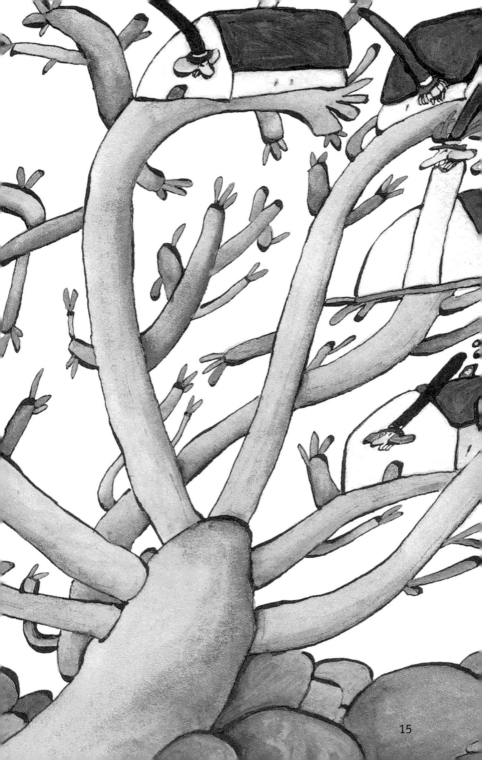

Una noche de aquel día,
Bruja Tontuna,
que vivía en la Casa Una,
sintió hambre.
Fue a la despensa
y echó un vistazo a sus provisiones:
paté de serpiente,
ensaladilla de gusanos con coliflor,
setas venenosas con acelgas,
púas de erizo a la parisién,
hamburguesas de babosa mocosa...
Bruja Tontuna se dijo:
−¡Puaf! ¡Estoy harta de comer porquerías!
Y siguió rebuscando
entre los botes de conservas
y los platos precocinados,
hasta que... ¡encontró un huevo!
Allí al fondo,
entre berzas y espinacas,
había un hermoso y solitario huevo.

—¡Hoy tengo antojo de huevo frito! —dijo.
Consultó su libro de cocina,
en el que había un montón de recetas
para preparar un huevo:

Huevo estrellado,
huevo destruido,
huevo podrido en tortilla,
huevo pasado por alquitrán,
huevo a la cazuela Manuela...

Pero no me lo vais a creer...
La bruja nunca había cocinado un huevo
y su grueso libraco no le aclaraba
una duda fundamental:
¿cómo se abre un huevo?

Bruja Tontuna
examinó el huevo y dijo:

No tiene puerta,
ni ventana ni rabito.
No tiene tapa de lata.
Huevito mondo y lirondo,
no hay cabeza ni fondo,
ni derecho ni revés.
¡Cosa extraña es!

A Bruja Tontuna
le rugían las tripas de hambre.
Aunque estaban enfadadas,
decidió visitar a su vecina
por si ella sabía cómo abrir
aquel objeto tan curioso.

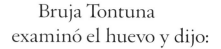

Salió de su casa,
pero olvidó desconectar
la trampa de la entrada
y cayó de cabeza
al foso de cocodrilos salvajes.
    Cuando consiguió librarse
de las fauces de los animales,
salió de allí hecha una penita,
aunque, por fortuna,
con el huevo a salvo.

Una bruja mordida y un huevo
fueron a la Casa Dos,
donde vivía Pocha Marilós.
Bruja Tontuna golpeó y pateó
la puerta de la vecina:
–¡Abre, Pocha Marilós!
Pocha Marilós
se asomó a la ventana
y le vertió encima
una jarra de veneno...
–¿Cómo te atreves a despertarme?
–¡Es que no sé
cómo se abre un huevo!
–¡Por mí, que te parta un rayo!
–gritó la otra.
–Si me ayudas,
te daré un poco de mi huevo frito
–dijo Bruja Tontuna.
–Está bien –dijo Marilós–.
Pero antes de entrar,
limpia tus asquerosos pies
en el felpudo.

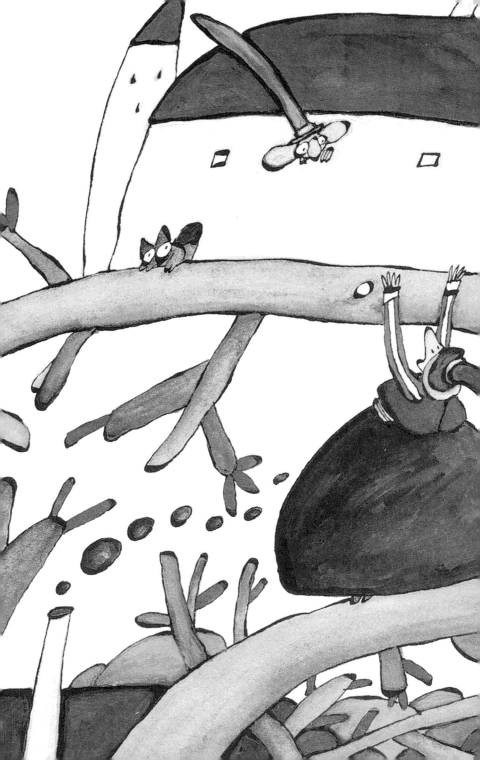

En la puerta de la Casa Dos
había un coco peludo
que dormía encogido como un ovillo.
Cuando sintió a la bruja
restregando los pies en su espalda,
abrió sus negras fauces
y le mordió en los tobillos.
    –¡Ay! ¡Oy! ¡Huy!
–gritó Bruja Tontuna.

Pocha Marilós abrió la puerta
e invitó a pasar a la bruja.
Examinó el huevo y dijo:
    –Es como una patata; por tanto,
hay que pelarlo con un cuchillo.
    Intentó pelar el huevo,
pero solo consiguió cortarse un dedo.
Pocha Marilós rompió en lamentos,
pues las brujas no soportan
ver su propia sangre.
    –¡Eres una inútil y no tienes ni idea!
–dijo Bruja Tontuna–.
Deja que lo intente yo!

Tomó el cuchillo y probó a pelarlo.
¡Ay! Un hilillo de sangre
corría por el dedo de Bruja Tontuna.
Las dos brujas lloraron a moco tendido,
hasta quedar sin lágrimas.
Se pusieron en la herida
una venda de momia
y salieron de la casa
con su huevo entero.

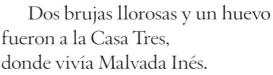

Dos brujas llorosas y un huevo
fueron a la Casa Tres,
donde vivía Malvada Inés.
En la puerta de la casa
había un montón de piedras y un letrero:

PARA LLAMAR,
TIRAR PIEDRAS A LA VENTANA

–¡Oh, qué timbre más divertido!
–dijeron las brujas.
Y, acto seguido, lanzaron pedruscos
contra los vidrios de la casa.

Pero ellas no sospechaban
que aquello era una vil trampa
y que los cristales eran de toma y daca;
es decir, elásticos.
Y tal como iban las piedras,
volvían de rebote para golpear a las visitas.
  –¡Ay! ¡Oy! ¡Huy! –se lamentaron las brujas.

–Parece que alguien llama
–dijo Malvada Inés desde dentro
mientras iba a abrir la puerta.
    –¿Qué diablos queréis? –preguntó.
    –Que nos ayudes a abrir este chisme
y te daremos un poco del huevo frito
–dijeron las brujas.
    Malvada Inés miró el huevo y dijo:
    –Si falla la mecánica,
solo queda un buen hechizo.
    Colocó el huevo en la mesa,
levantó los brazos,
entornó los ojos y dijo:

Por la Gran Bruja Lilaina,
maestra de hechicerías,
que se escacharre este huevo,
que quiebre su cascarita.

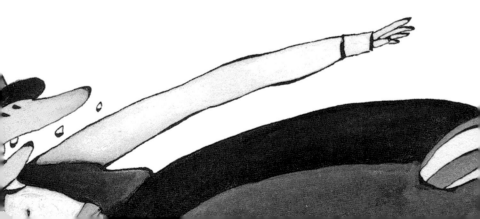

Algo falló en la fórmula,
porque solo se quebraron
los dientes de las brujas.
Se desprendieron de sus encías
y cayeron al suelo
con un tincorotín-corotín-corotingo...
Pero el huevo seguía intacto.

Tres brujas desdentadas y un huevo
fueron a la Casa Cuatro,
donde vivía Clodomira Sapo.
   La Casa Cuatro
no tenía puertas ni ventanas,
así que las brujas subieron
por la hiedra de la pared
y se colaron por la chimenea.
Clodomira Sapo hacía un cocimiento
en una olla, y las tres brujas
se escaldaron el trasero.
Mientras se ponían a remojo
en una tinaja con agua,
le expusieron el problema:
   –Si nos ayudas a abrir este chisme,
te daremos un poquito del huevo frito.

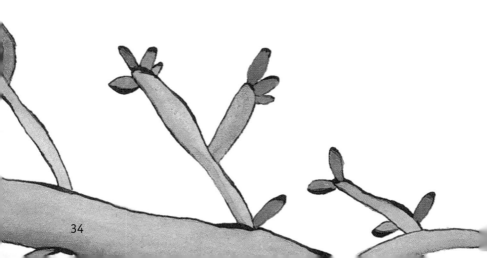

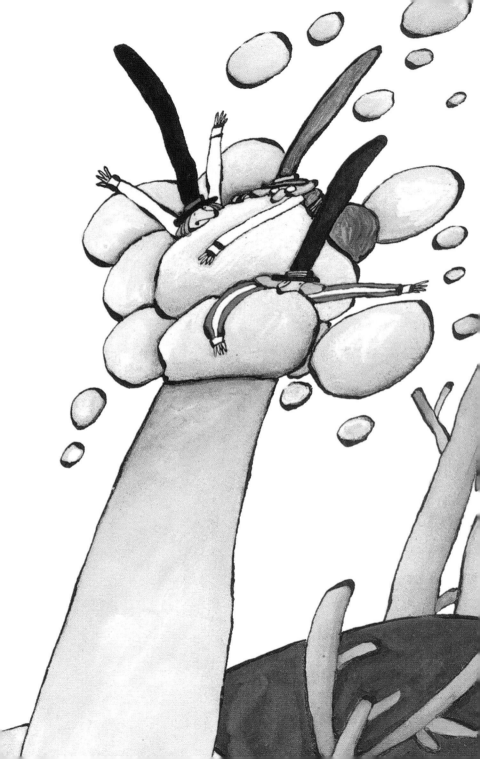

Clodomira Sapo, que llevaba un tocado
de brujo indio, dijo:

Blanco de nieve que el agua pierde.
Blanco de azúcar que el agua derrite.
Blanco de sal que diluye el mar.
Este huevo blanco, blanco,
tiene que derretirse al mojarlo...

–¡*Indiota*! –gritó Bruja Tontuna,
que cada vez tenía más hambre–.
¡Si se derrite el huevo,
desaparece y no comemos!
    –No seas ignorante
–dijo Malvada Inés–.
Solo se derrite lo blanco,
pero queda la yema para mojar el pan.

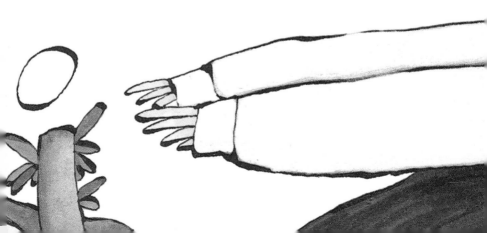

–Efectivamente –dijo Clodomira Sapo,
y comenzó a saltar alrededor del huevo,
invocando a los espíritus de los truenos
y de la lluvia torrencial.
    Sobre la cabeza de las brujas
se fue formando una nube,
que latía como un negro corazón.

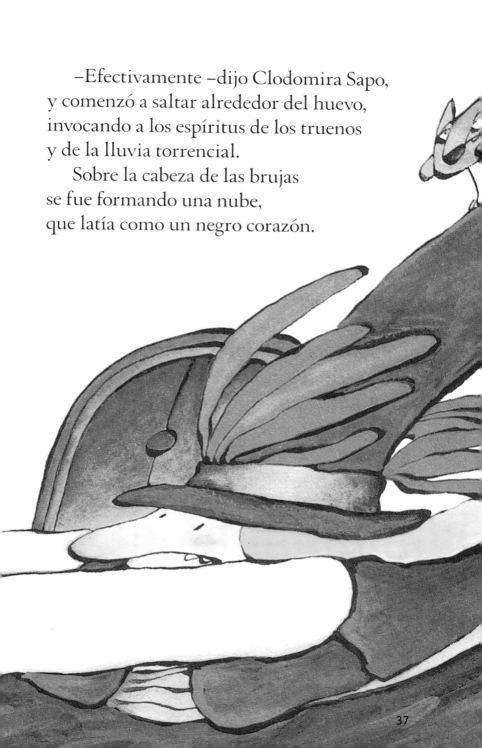

Estalló un rayo
y la nube se deshizo
en lluvia pesada y continua.
Llovió y llovió sobre el huevo
y por encima de las brujas,
hasta que la Casa Cuatro se inundó.
Las cuatro brujas y el huevo
flotaron en el agua
y salieron por la chimenea
estornudando y tosiendo.
¡AtttttchiOOOOOOOOOOOOOOOOsss!

Cuatro brujas empapadas y un huevo
fueron a la Casa Cinco,
donde vivía Paparrucha Tinto.
En la puerta de la casa
había un letrero que decía:

PARA LLAMAR,
TIRAR DE LA CUERDA

Las brujas tiraron del cordel
y se oyó un ¡marramiau!
Atado al cordel estaba el rabo
del gato de Paparrucha,
que cayó sobre las brujas
y arañó a todas en la cara.
–¡Ay! ¡Oy! ¡Huy! –se dolían las brujas.

Dentro de la casa,
Paparrucha Tinto dijo:
–Oigo un ruidito.
Parece que tengo visita.
Se levantó y fue a abrir.
Quedó muy contrariada
cuando se encontró con las vecinas,
pues ella creía que era el cartero,
que le traía carta del Brujo Alfredo.
–¿Qué hacéis aquí, brujas repelentes?
–¡Que nos ayudes a abrir este huevo!
–¡Y un cuerno! –dijo ella.
–Lo vamos a freír y te daremos un poquito
–contestaron las brujas.
Paparrucha Tinto
nunca había probado
tan exótica receta.
Por eso las hizo pasar
y las invitó a una infusión
de tripas de cucaracha.

Fue al sótano y regresó
con una botella asquerosa,
cubierta de telas de araña,
en la que a duras penas se podía leer:

Pedo de Lobo. Gran Reserva.

–Con esto –dijo la bruja Tinto–
no hay huevo que se resista.

Sacó el tapón de la botella
y una nube fétida y pestilente
se extendió por toda la casa.
Las brujas huían aterrorizadas.
Se empujaban, cegadas por el ahogo,
buscando una ventana, una puerta,
una rendija, un poquito de aire fresco.
¡Puaf!
   Ni que decir tiene
que el huevo seguía tan campante
como al principio.

Cinco brujas asfixiadas y un huevo
fueron a la Casa Seis,
donde vivía Lola Apestapiés.
La puerta de la Casa Seis
estaba llena de agujeros
y tenía un llamador pintado
de verde chillón.
El llamador era mágico y gritaba:

Si quieren pasar dentro,
metan un dedo por el agujero.

Las cinco brujas
no se atrevieron a rechistar.

Metieron los dedos
por los agujeros de la puerta y esperaron.
En el interior de la casa revoloteaban
cientos de cuervos hambrientos,
que, creyendo que los dedos de las brujas
eran gusanos, se abalanzaron sobre ellos
sin piedad.

–¡Ay! ¡Oy! ¡Huy!
–se lamentaron las brujas.

Lola Apestapiés encendió una vela.

–Oigo un ruidito.
Parece que tengo visita.
¿Os parecen horas de molestar?
–gruñó desde la ventana.

–¡Ayúdanos a abrir este huevo
y te daremos un poquito!
–dijeron las brujas,
soplando sus dedos picoteados.
    Lola Apestapiés las invitó a entrar
y les ofreció asiento
en un confortable sillón de erizos.
Cuando las brujas le contaron
lo que habían hecho para abrir el huevo,
Lola Apestapiés dijo:
    –Solo nos queda probar
con la bomba piojosa.
Ni los niños la resisten.
En cuanto el huevo se vea
rodeado de piojos,
tendrá que abrir y salir a rascarse.
Entonces, lo cogemos a traición...
¡y lo freímos!
    Todas las brujas aplaudieron
la brillante idea de Lola Apestapiés,
que es la bruja que extiende
los piojos por el mundo.

        Cogió la bomba,
encendió la mecha y... ¡pumba!
Miles de piojos llenaron la casa.
Como vampiros diminutos,
se lanzaron al pelo de las brujas.
Estas comenzaron a rascarse como locas.
Los cuervos lo interpretaron
como un baile de aquelarre
y se pusieron a graznar
y aplaudir con las alas.
        El huevo allí seguía,
pues, al estar calvo,
no resulta del agrado de estos bichos.

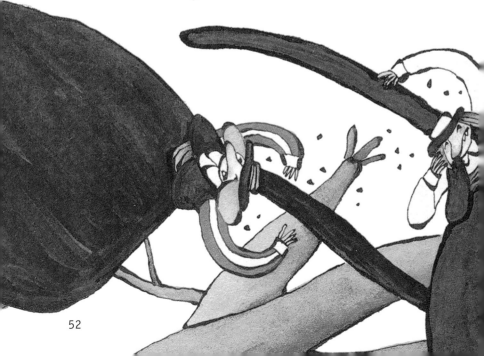

Seis brujas piojosas y un huevo
fueron a la Casa Siete,
donde vivía Margot Soplete.
    También en la Casa Siete había un cartel:

PARA LLAMAR,
PULSAR EL BOTÓN

    –Esto es una engañifa
y a mí no me pilla
–dijo Lola Apestapiés,
que presumía de sabidilla.
    Entonces, las brujas decidieron
embestir la puerta utilizando
a Apestapiés de ariete,
que era de las seis
la más lista y aguda...
    –¡Una, dos y...!

Justo en ese instante,
Margot Soplete abrió la puerta
y las cinco brujas y el ariete
se fueron de narices
contra la pared del fondo.

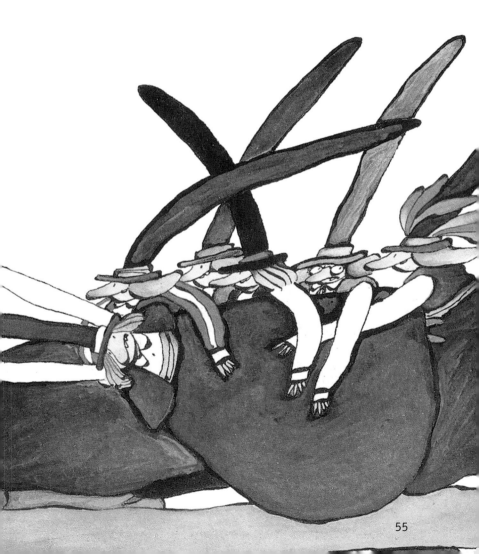

–Pero, queridas
–dijo Margot Soplete–,
qué forma tan brusca
de entrar en una casa.
¿No veis que tengo un timbre nuevo
que hace dirindón-dirindón?
     –¡Déjate de monsergas!
–dijo Bruja Tontuna, sacando del refajo
su estimado huevo–.
Ayúdanos a abrir este huevo
y te daremos un poquito.
     Margot Soplete era una bruja moderna
que pensaba que para ser bruja
no es necesario ser ordinaria
y comportarse con vulgaridad.

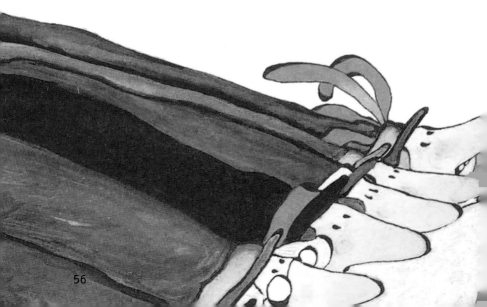

–Con educación y buenas maneras, todo se puede abrir.
Hasta un huevo –dijo.

Margot Soplete colocó el huevo en un plato y golpeó delicadamente con los nudillos.

¡Toc-toc! ¡Toc-toc!

–Señor huevo... ¿Está usted ahí?

–¡Estoy! –respondió una voz desde el interior.

–¡Oy! –exclamaron asombradas las otras brujas.

–Señor huevo
–continuó Margot Soplete–,
¿podría ser tan amable
de abrir su cáscara?
–Ahora mismo
–dijo la voz desde dentro.
–¡Ah! –exclamaron las otras brujas,
intrigadas.

Y la cáscara del huevo
empezó a quebrarse,
a estallar en finísimas rendijas,
hasta que se abrió en dos mitades.

De su interior salió una humareda
de color lila, que se extendió por la casa
en un agradable aroma a violetas silvestres.

Se difuminó el humo
y apareció un hombrecillo
orejón y bigotudo,
vestido de amarillo.

–Soy el Duende de los Deseos –dijo–.
¿Qué desean mis señoras brujas?

–¡Es un genio! –dijo Margot Soplete.

–Dirás *mi* genio
–añadió Bruja Tontuna,
que se sentía dueña del huevo
y de su morador.

–¡Yo tengo derecho a un trozo!
–dijo Apestapiés.

–¡Todas tenemos derecho a un poquito!
–gritaron las otras.

–¡Porque tú lo digas, boba!

Las brujas apretaron los puños
y de sus ojos comenzaron a salir
chiribitas y centellas de ira,
lo que presagiaba una inminente
y feroz batalla. Entonces,
el duende se alzó en el aire
y, cruzando los brazos, habló con calma:

–¡Oh, no, señoras!
Es inútil que discutáis.
Solo puedo conceder un deseo.
Solo uno que satisfaga a todas por igual.

–¿Uno para todas?
–preguntó Paparrucha Tinto.
    El duende genio asintió con la cabeza
y las brujas se miraron
unas a otras con complicidad.
Sonrieron maliciosas y, en corro,
se hablaron con mucho secreto al oído.
    El duende, intrigado, se acercó al grupo,
pero no alcanzó a oír más que palabras
incomprensibles...

... tango... trecúa... palí...
bisbís... cua-cua...
bisbisbís...
prebe... chus-chus...
¡pumba!... chussssss...
naf... tulí... tus-tus...
churrí-churrí...

–¡Ya está!
–gritaron todas a la vez
con una inusual sonrisa
brillando en su cara.
    ¿Y sabéis lo que pidieron
las siete brujas?

¡¡¡Queremos un huevo
frito para cada una!!!

TE CUENTO QUE GLORIA SÁNCHEZ...

... en cierta ocasión coincidió en el súper con Tontuna, la bruja Una. Ella nunca había probado un huevo, así que Gloria le regaló uno. Le gustó. Desde entonces, se convirtieron en buenas amigas.

Tanto, que Tontuna le propuso formar parte de su familia y ser la bruja Ocho. Pero Gloria teme que le hagan alguna trastada y le va dando largas... «Oye, es que Gloria y Ocho no riman», le dice.

De vez en cuando, se llaman por teléfono o se envían un correo electrónico. Tontuna la pone al tanto de sus aventuras, y Gloria le cuenta lo divertidas que les resultan a los niños. Esto último no le gusta mucho a Tontuna, porque las brujas pretenden ser temidas y asustar de lo lindo, que es lo suyo. Pero Gloria dice que ya se irán acostumbrando poco a poco.

Gloria Sánchez nació en Vilagarcía de Arousa en 1958. Compagina su trabajo de profe con el de escritora: desde 1984 ha publicado más de treinta libros en castellano y gallego, muchos de los cuales han sido traducidos también al catalán y el euskera.

Si te ha gustado este libro, visita

LITERATURA**SM**•COM

Allí encontrarás:

- Un montón de libros.
- Juegos, descargables y vídeos.
- Concursos, sorteos y propuestas de eventos.

¡Y mucho más!

Para padres y profesores

- Noticias de actualidad, redes sociales y suscripción al boletín.
- Propuestas de animación a la lectura.
- Fichas de recursos didácticos y actividades.